das Auge
the eye

das Ohr
the ear

die Nase
the nose

die Schnauze
the muzzle

die Zunge
the tongue

die Pfote
the paw

die Kralle
the claw

Bili

Johnny, der Setter
Johnny, the Irish Setter

Reinhard Fritzsch · Ria Gersmeier
Illustrationen von Katja Kiefer

Deutsch-englische
Ausgabe

OLMS

Im Hundekorb liegen sechs winzige Setter-Welpen mit ihrer Mutter. Sie sind gerade erst einen Tag alt und ihre Augen sind noch geschlossen. Die Welpen kuscheln sich eng aneinander und saugen Milch an Mutters Zitzen, bis ihre Bäuche prall und rund sind.

In the dog's basket lie six tiny Irish setter puppies with their mother. The puppies are just one day old and their eyes are still closed. They cuddle up to one another and drink milk from their mother's teats until their stomachs are full and round.

der Hundekorb
the dog's basket

der Welpe
the puppy

Milch saugen
to drink milk

Nach zwei Wochen können die Welpen richtig sehen. Neugierig erkunden die kleinen Hunde ihre Umgebung, jeder in eine andere Richtung. Dabei toben sie herum, rempeln sich gegenseitig an und purzeln übereinander. Besonderen Spaß macht es ihnen, in Mutters Schwanz zu beißen und ihn hin und her zu zerren.

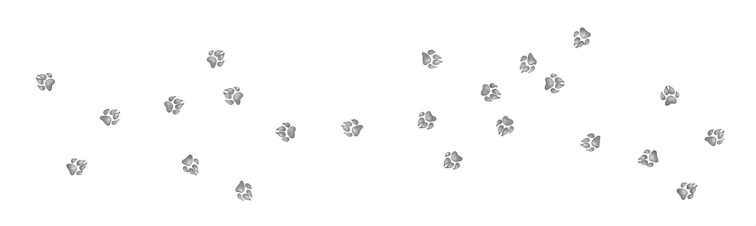

After two weeks the puppies can see properly. They are curious to find out more about their surroundings and run around in every direction. The puppies romp about, pushing into each other and rolling over one another. They have fun biting their mother's tail and pulling it about.

toben
to romp about

in den Schwanz beißen
to bite the tail

spielen
to play

5

Die Welpen sind inzwischen acht Wochen alt und werden von ihrer Mutter nicht mehr gesäugt. Dafür steht nun ein Futternapf mit Welpenfutter da, den die kleinen Hunde zunächst misstrauisch beschnüffeln. Schnell stellen sie fest, dass ihnen die neue Nahrung schmeckt, und fressen sich satt. Müde krabbeln die Welpen zurück in den Korb und schlafen eng aneinandergekuschelt ein.

Now the puppies are eight weeks old and their mother does not give them milk any more. But there is a bowl of puppy food for them that they sniff at very suspiciously. It does not take long for them to discover that it tastes nice and they eat it up until they are full. Tired out, the puppies now crawl back into the basket and cuddle up. They fall asleep.

fressen
to eat

beschnüffeln
to sniff

der Futternapf
the bowl

kuscheln
to cuddle up

Einige Tage später setzt die Hundezüchterin Frau Peters die Welpen in einen Transportkorb und fährt mit ihnen zum Tierarzt.

Im Behandlungsraum sitzen die sechs Hundekinder auf einem großen Metalltisch. Der Tierarzt impft alle Welpen der Reihe nach mit einer Spritze. Das ist wichtig für die kleinen Hunde, damit sie nicht krank werden. Die Impfung tut ein bisschen weh, und so jaulen die ersten beiden Welpen ganz jämmerlich. Vorsichtshalber stimmen die anderen gleich mit ein.

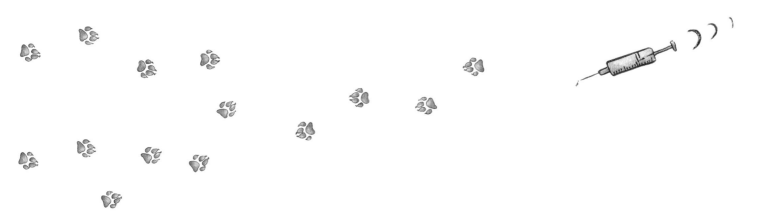

A few days later, Mrs. Peters, the dog breeder, puts the puppies into a travel basket and takes them to the vet. The six puppies are placed on a large metal table in the middle of the doctor's room. The vet vaccinates each one of them in turn by giving them an injection. This is important because it makes sure the puppies do not become ill. The vaccination hurts a little and so the first two puppies start to howl. And just to be on the safe side, the other puppies join in.

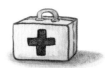

das Auto
the car

der Transportkorb
the travel basket

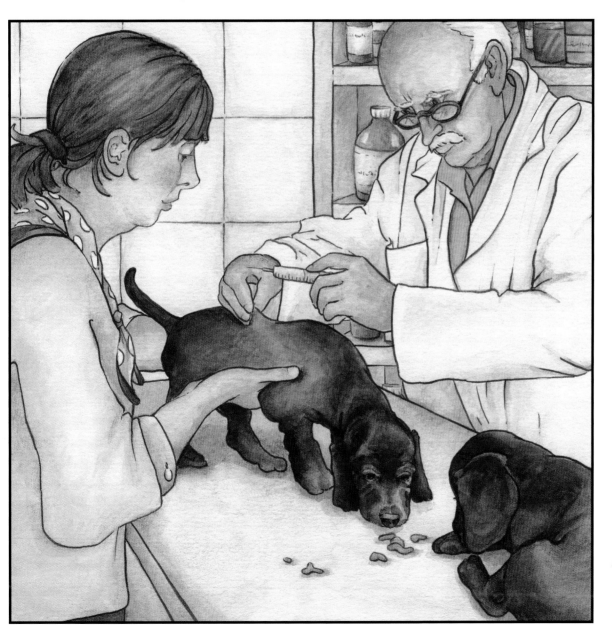

das Tierarzt-Zeichen
the vet sign

jaulen
to howl

Nach zwölf Wochen haben sich die Welpen zu schlaksigen Hundekindern entwickelt. Immer öfter kommen nun Leute zu Frau Peters und sehen sich die kleinen Hunde an. Und manchmal nehmen sie ein Hundekind mit. Auch Tim und seine Eltern, Familie Hoffmann, suchen sich einen kleinen frechen Hundejungen, einen Rüden, aus, den sie Johnny nennen.

After twelve weeks the puppies have developed into little dogs. People keep coming to Mrs. Peters to look at them. And sometimes they take a puppy back home with them. Tim Hoffmann and his parents also choose a cheeky little dog; they call him Johnny.

die Hundezüchterin
the dog breeder

aussuchen und
to choose and

mitnehmen
(to) take back home

Wenig später ist der kleine Rüde in seinem neuen Zuhause. Traurig liegt Johnny in seinem Körbchen: Er vermisst seine Hundemutter und seine Geschwister. Familie Hoffmann versucht durch Ballspiele, den kleinen Hund aufzumuntern. Es dauert auch gar nicht lange, da wird Johnny wieder übermütig und spielt mit seinem Schwanz Fangen. Er versteht nicht, dass der Schwanz zu ihm gehört. Er hält ihn für ein Spielzeug und rennt und rennt im Kreis hinter ihm her, aber er bekommt ihn einfach nicht zu fassen.

A little later, Johnny is in his new home. Johnny feels sad as he lies in his basket; he misses his mother and his brothers and sisters. The Hoffmann family tries to cheer him up by playing ball and before long, Johnny is showing off and plays 'catch' with his tail. He does not understand that the tail he is chasing is his own. He thinks it is a toy and runs around in circles without being able to catch it.

mit dem Schwanz
Fangen spielen
to play 'catch'
with the tail

der Hundekorb
the dog's basket

Wie alle Hunde hebt Johnny einfach ein Hinterbein, wenn er Pipi machen muss. Doch immer wenn er in der Wohnung eine Pfütze macht, wird er von Familie Hoffmann mit einem energischen „Pfui" ermahnt und ganz schnell nach draußen gebracht. Wenn er jetzt ins Freie muss, dann bringt er seine Hundeleine herbei oder er kratzt an der Haustür. Beim Spazierengehen hebt er an jedem Baum sein Bein: So weiß jeder andere Hund, dass dies Johnnys Revier ist.

Like all dogs, Johnny just lifts up his hind leg if he wants to pee. However, every time he makes a puddle in the house, the Hoffmann family scolds him: "You bad pup!", they say and put him outside. So now, he just brings his leash or scratches on the front door every time he has to go outside. And when he goes for a walk, he lifts up his leg at every tree so that all the other dogs know that this is Johnny's territory.

die Hundeleine
the leash

kratzen
to scratch

Pipi machen
to pee

die Duftmarke
the odour mark

Familie Hoffmann geht oft mit Johnny spazieren, und sie räumen seine Haufen weg, wenn er welche auf den Gehweg macht. Auf seinem täglichen Spaziergang lernt Johnny Cäsar kennen, einen frechen Dackelrüden. Zuerst haben sie sich fürchterlich angebellt und sind mit vorgestreckten Schnauzen aufeinander zugegangen. Aber dann haben sie festgestellt, dass sie sich mögen. Sie dürfen von nun an ohne Leine zusammen spielen.

The family often goes on a walk with Johnny and when he goes pooh on the path, they clear it away. Out on his daily walk, Johnny gets to know Cesar, a cheeky dachshund. First they barked at each other very fiercely and even went towards each other with their muzzles. But then they discovered that they liked one another. And now they play together without having to be on the leash.

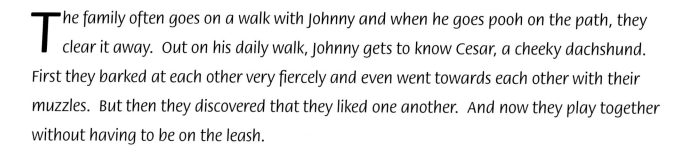

wegräumen
to clear away

der Hundehaufen
the dog pooh

bellen
to bark

der Dackel
the dachshund

Heute geht Johnny mit Herrn Hoffmann am See spazieren. Da erschnuppert Johnny etwas Interessantes im sumpfigen Gelände: eine Ente! Er bleibt blitzartig stocksteif stehen, ohne einen Laut von sich zu geben, und hebt seinen linken Vorderlauf an: Schließlich ist Johnny ein Setter, ein richtiger Jagdhund! Herr Hoffmann hat alle Mühe, Johnny zum Weiterlaufen zu bewegen. Zuhause angekommen, zerbeißt Johnny vor lauter Übermut Herrn Hoffmanns Schuhe.

Today Johnny and Mr. Hoffmann are walking by the lake. In the marshland beside the lake Johnny smells something interesting: a duck! He stops and stands, stark and stiff. He doesn't make a sound. Johnny lifts his left foreleg: after all, he is an Irish setter, a genuine hound! Mr. Hoffmann really has trouble getting Johnny to move on again. Once back at home, Johnny is in such high spirits that he chews up Mr. Hoffmann's shoes.

erschnuppern
to smell

die Ente
the duck

der Vorderlauf
the foreleg

zerbeißen
to chew

Bald darauf geht Herr Hoffmann das erste Mal mit Johnny in die Hundeschule. Er hält den Setter an der Leine, bis die Ausbilderin das Kommando „Leinen los!" gibt. Sofort laufen alle Hunde, ob Große oder Kleine, neugierig durcheinander und beschnüffeln sich. Dann beginnen die Gehorsamsübungen. Herr Hoffmann ruft Johnny, der ein paar Meter von ihm entfernt sitzt: „Johnny, komm her!" Der Setter läuft auf Herrn Hoffmann zu, der nun zu ihm sagt: „Johnny, sitz!" Für alles, was Johnny richtig macht, wird er gelobt und erhält eine Belohnung. Nach einigen Wochen geht der Setter brav bei Fuß und folgt aufs Wort.

Soon afterwards, Mr. Hoffmann and Johnny go to the dog training school. It is their first visit and Mr. Hoffmann keeps the setter on the leash until the trainer shouts out: "Let go of the leash!" At this, all the dogs, whether large or small, run around sniffing each other, curious to find out more. Then the obedience training begins. Mr. Hoffmann calls to Johnny who is sitting a couple of metres away: "Johnny, come here!" The setter runs to Mr. Hoffmann who then says: "Johnny, sit!" For everything that Johnny does right, he is praised and rewarded too. It only takes a few weeks' training for the setter to walk quietly beside his master and obey every word.

das Hundehalsband
the dog collar

die Hundeerziehung
the dog training

der Hundekeks
the dog biscuit

Johnny ist jetzt ein Jahr alt und ein lieber Hund. Familie Hoffmann und der Setter haben sich gut aneinander gewöhnt. Er ist anhänglich, freundlich, aber auch wachsam: Jeden Fremden meldet er mit lautem Bellen. Wenn seine Familie gut auf ihn aufpasst und er gesund bleibt, werden sie noch vieles gemeinsam erleben und Freude aneinander haben.

Johnny is now one year old and a lovable dog. The Hoffmann family and Johnny have become used to each other. He is affectionate and friendly but also very alert: anyone Johnny does not know is greeted with loud barking. If his family continues to care properly for him so that he stays in good health, they will all have a lot of fun together for a long time to come.

streicheln
to stroke

bewachen
to guard

In der Reihe „BiLi" sind erschienen:

Bijou, die Findelkatze/Bijou, the Foundling
Deutsch-englische Ausgabe
ISBN 978-3-487-08816-7
Bijou, die Findelkatze/Найдёныш Бижу
Deutsch-russische Ausgabe
ISBN 978-3-487-08817-4
Bijou, die Findelkatze/Minik Bijou Aile Arıyor
Deutsch-türkische Ausgabe
ISBN 978-3-487-08818-1

Johnny, der Setter/Johnny, the Irish Setter
Deutsch-englische Ausgabe
ISBN 978-3-487-08813-6
Johnny, der Setter/Сеттер Джонни
Deutsch-russische Ausgabe
ISBN 978-3-497-08814-3
Johnny, der Setter/Küçük Setter Johnny
Deutsch-türkische Ausgabe
ISBN 978-3-487-08815-0

Bärenleben/Life with the Bears
Deutsch-englische Ausgabe
ISBN 978-3-487-08810-5
Bärenleben/Жизнь медведей
Deutsch-russische Ausgabe
ISBN 978-3-487-08811-2
Bärenleben/Ayıların Hayatı
Deutsch-türkische Ausgabe
ISBN 978-3-487-08812-9

Die Deutsche Nationalbibliothek verzeichnet diese Publikation
in der Deutschen Nationalbibliografie; detaillierte bibliografische
Daten sind im Internet über http://dnb.d-nb.de abrufbar.

BiLi – Zweisprachige Sachgeschichten
für Kindergarten- und Grundschulkinder
in der Kollektion OLMS junior

© Georg Olms Verlag AG 2009
www.olms.de/bili/

Illustrationen: Katja Kiefer
Übersetzung ins Englische: Pauline Elsenheimer
Englisch-Lektorat: Maja Herber
Gesamtgestaltung und Produktion:
Weiß-Freiburg GmbH – Grafik & Buchgestaltung

Printed in Singapore

ISBN 978-3-487-08813-6

Der Irische Setter (Irish Red Setter) – ein Steckbrief

Geschichte: Der graue Wolf ist der Stammvater aller Haushunde. Schon in der Steinzeit lebten Menschen mit gezähmten Hunden zusammen, die sie als Heim- und Nutztiere hielten. Im Laufe der Zeit bildeten sich durch gezielte Züchtung viele neue Hunderassen heraus, die sich nach Größe, Farbe, Körperbau und Charakter unterscheiden. Einer der kleinsten Rassehunde ist der Chihuahua, als eine der größten Hunderassen gilt der Irische Wolfshund.

Der Irische Setter wurde im 19. Jahrhundert aus drei verschiedenen Hunderassen gezüchtet und diente in erster Linie der Jagd. Heute wird er vor allem aufgrund seiner lebhaft intelligenten und freundlichen Art sowie seiner Wachsamkeit als Familienhund geschätzt.

Körperbau: Der Irische Setter ist ein bis zu 70 cm großer und gut 30 kg schwerer Rassehund, wobei die Hündinnen insgesamt etwas kleiner und leichter als die Rüden sind. Sein kastanienbraunes Haar ist am Kopf und an den Vorderseiten der Läufe kurz und fein, am übrigen Körper von mittlerer Länge und flach anliegend. Der Setter hat einen langen, schlanken Kopf, an dem weit hinten feine mittelgroße Ohren ansetzen.

Besondere Fähigkeiten: Alle Hunde verfügen über einen hervorragend ausgeprägten Geruchssinn und ein feines Gehör. Je nach Rasse haben sie zudem spezielle Begabungen: Jagdhunde wie der Irische Setter können zum Beispiel besonders gut Wildtiere aufspüren. Andere Rassen wie der Deutsche Schäferhund unterstützen die Menschen als Polizeihunde, Rettungshunde oder Blindenführhunde.

Hecheln: Da Hunde nicht wie Menschen über ihre Haut schwitzen können, hecheln sie: Sie atmen ganz schnell ein und aus und geben dabei Feuchtigkeit und Wärme ab.

Sprache: Hunde ‚unterhalten' sich mit Menschen vor allem durch Bellen oder Jaulen. Untereinander verständigen sie sich jedoch hauptsächlich durch Körpersprache: Schwanzwedeln und Pfötchengeben bedeutet etwa: „Ich freue mich, Dich zu sehen!" Mit ihren feinen Nasen können Hunde zudem ‚Geruchsnachrichten' erschnüffeln, die ihre Artgenossen beispielsweise an Bäumen oder Zäunen hinterlassen haben.

Leben in der Familie: Vor der Anschaffung eines Hundes sollte man bedenken, dass der Besitzer neben der Fürsorge für seinen Hund noch weitere Pflichten übernimmt. So muss der Hundebesitzer zum Beispiel für sein Tier Steuern zahlen. Der Besuch einer Hundeschule ist zwar nicht vorgeschrieben, aber wichtig, damit das Tier lernt zu gehorchen.